KB177148

지나가지만 지나가지 않은 것들

|

이순화 시집

브클

시인의 말

처음부터 다 걸어볼 생각은 아니었다
나를 또 잃어버릴지 몰라 돌아보고 돌아보며 걸었다

주인집 벽난로 앞에서 신발을 말렸다

세 평 남짓 방 안, 무한의 공간 속으로
겁없이 겁도 없이 나를 밀어본다

어렵게
뜻밖에

이렇게 시작하는 거라고
시집을 엮어본다

제주 올렛길에서
2017년 늦은 가을

차례

1 간절한 말

2 바로 당신이 필요해요

3 문고리에 두 귀를 걸어두겠네

|

4 지나가지만 지나가지 않은 것들

1 간절한 말

문득 잠에서 깨어나

누굴까
잘금잘금 귓속에 든 이

누구일까
자박자박 잠결을 따라오고 있는 기척

언제부터였을까
자정부터 새벽까지
오래전 새벽 기차를 타고 내가 집을 떠나올 때부터
하얗게 길을 내며 뒤따라오고 있는 소리

돌아볼까 아니, 몸이 없어
난 돌아볼 수가 없네
어쩌나

살며시 잠을 들춰보네
봄비가 새벽길 쓸어내리며
뒤따라오고 있었네

비야

비야

문득 잠에서 깨어나 울고 싶을 때가 있네

비야

비야

가만히 비를 부르면

비는 이미 내 발등을 적시고

두 무릎을 적시고

여린 비는 목까지 차올라

어느새 나는

찬 새벽 섬이 되네

아무렇지 않게 아무렇게

1
이렇게 시작하는 거라고

나는 밤마다 손톱을 깎아요

하얀 종이 위에 손톱을 올려놓으면 손톱이 애벌레처럼
고물거리고

새로 태어나는 거라고

나는 무릎을 꿇고
오늘 밤 손톱을 마저 깎아요

2
처음처럼

나는 늦은 밤 손톱을 깎아요

하얀 종이 위에 손톱을 올려놓으면 손톱이 꽃잎처럼
누울 때

처음으로 돌아가는 거라고

나는 바닥에 납작 엎드려
늦은 밤 꽃잎처럼 얇아져요

간절한 말

못다 한 말들이 뚝 뚝 떨어지고 있네
일테면 이별의 예감 같은 말

동시상영 극장 앞
인적 끊어진 미술관 담장 길 따라 낙엽이
침묵에 젖어 흐르고 있네

온전히 다가갈 수도 없는 말
이런 걸 사랑이라 할 수 있을까
아득하고도 먼 허공을 사이에 두고
이런 것도 사랑이라 할 수 있을까

전하고 싶은 말은 전해지지 못하는 말

아득하고도 먼 길
재촉하는

가을이

애인들의 혓바닥이
간절한 말들이 뚝 뚝 떨어지고 있네

천공

그 때문이었을까,

결국, 판을 잡고 있던 녹슨 나사못 하나가 빠져나갔다

한참을 꾹 참고 있다 뱉어 낸 마지막 숨소리 같아

나는 비틀 균형을 잃었다

항우울제를 처방 받았다
키스처럼 달콤한 알약
떠나간 애인 잇속처럼 붉은 알약
휘파람을 불며 거실을 나서다

덜컥,
그새를 참지 못하고 삐거덕거리기 시작한다

그 때문이었을까

꽃모가지 왈칵 분질러 놓은 것도
꽃밭 퍼렇게 물들여 놓은 것도
그러고 보면 뒷동 여자 뛰어내린 것도

나는 해머드릴과 십자드라이브를 들고
발등에 튄 녹물을 닦아내며 후들거리는 사다리를 잡
고 있다

가을이 돌아오는 늦은 저녁

그들이 돌아온다

들창 활짝 열어젖히고
칠흑 같은 밤하늘에 등불 높이 내걸어라, 절그렁 절그렁

떡갈나무 숲길을 지나 적막을 가르는 수백 발의 화포,
잿빛 화약 연기 속에서 무장무장 붉은 총구 겨눌 때 탕,
탕, 탕, 국경의 한 귀퉁이는 무너져 내리고 철그렁 철그렁
그들이 온다 마른 대지에 축제의 술 가득 부어라 서리 찬
은하에 저릿저릿 젖줄이 돌아라 혁명가를 부르며 역전의
용사들이 돌아온다

뒤꼍 소슬한 바람
쿵, 쿵, 쿵
지축을 흔드는 저 소리

붉은 전사의 부족들이 돌아오고 있다

아픈 사람

저만큼 산이 정박해 있다

어둠을 앞세우고 저만치 먼저 와 있다

소리도 없이 배가 들어와 있다

저 배는 누구를 기다리고 있는 것일까
누구를 보내고 오는 것일까

어둡고 먼 길 갈 것을 아는 듯

다 잊고 갈 거라는 것을 아는 듯
숨을 죽이고

늦은 저녁 어둠을 앞세우고 배가
자욱한 노을 속으로 배가 먼저 와 기다리고 있는 것은

모포항

뒷골목 늦은 저녁을 밀고

나는 푸른 모포 속으로 시린 발을 밀어 넣는다

발밑에 파도가
미끈거리는 잠을 밀었다 당겼다

해저를 구르는 광활한 적막소리

등뼈 마디마디 붉은 청태가 앉는지
우루룽 쾅 쾅

머리맡 시간은 드럼통 구르는 소릴 내며
더없이 가렵고

어디만큼 가야 새벽의 문턱에 가 닿을 수 있을까

누가 와서

한없이 미끄러져 내리는
잠 속에서 나를 꺼내 주려나 우루룽 우루룽

푸른 모포 덮어쓴 내가
달빛 아래
처얼썩 처얼썩

쿨룩 쿨룩

불온한 봄밤

1
휘청거리며 걷는 저녁

속도에 받혀 죽은 작은 새를 본다

환한 죽음을 거적때기처럼 덮어쓰고 있는
적막은 더없이 견고하고
미끄러져 내리는 아스팔트
미끄러져 내리는 불온
미끄러져, 미끄러져 내리는 봄밤

2
달빛이 닻줄을 내렸다 내 쪽으로
홋줄 마저 던져라
천지는 흔들릴 수 있으므로
달의 제동 거리는 얼마나 될까

쟁그랑거리는 찬장에 유리그릇들

달의 반대편으로 쏟아지는 나

내 슬픔의 제동 시간은 또 얼마나 걸릴까

덩굴 숲 이야기

1.

사흘 멀다하고 꽃그늘 잡아 뜯었습니다 손톱을 세워, 사랑해사랑해 노래 불렀죠 사랑은 새떼 따라 멀어져가고 엄마의 주름투성이 거죽 덮어쓴 내가 졸졸 새고 있었죠

사흘 멀다하고 붉은 꽃 따 먹었죠 검은 입술 쓱쓱 문지르며, 나는 야위어 돌아와 돌아와 노래 불렀죠 새떼 쫓아간 아빠는 소식 없고 백일홍 꽃 진 자리 흉터 속에 들어앉아 나는 나방이 되는 꿈꾸었죠, 꼬물꼬물 산거미가 내리는 저녁이야 엄마! 나는 발 동동 구르며 마흔 지나 스물 지나 통쾌하게 뛰어내려 한 살 애벌레가 되었죠 횃대에 붉은 수탉이 마당으로 달려 나와 내 목덜미 쪼아 댔죠 구구구구 마당을 구르는 천둥소리 저건 아빠 발소리야, 나는 꽃그늘 아래로 꾸물꾸물, 내가 줄줄 새고 있었죠 피, 피, 엄마! 끝 간 데 없이 광활한 이 적막

작열하는 태양 아래 울컥울컥 올라오는 헛구역질

2.

나는 결국 벌레가 되어 죽고 말겠지만,

그 언젠가 엄마가 붉은 장닭을 쫓아 칡나무 아래로 뛰어들었을 때 아버지는 도끼로 칡 밑동을 찍어 내렸다 덩굴 숲에 숨어있던 나는 벌벌 떨며 공단 주름치마를 활짝 펼쳐 붉은 칡꽃을 아버지께 보여드렸던가 아버지 두 손이 퍼렇게 물들었고 나는 가늘고 긴 손으로 아버지 목덜미를 칭칭—

칡넝쿨이 내 발목을 칭칭 감고 있다 나는 바둥바둥 이 흉물을 떨쳐내려 안간힘을 쓰고 깊은 계곡의 바람 냄새가 이미 가득 들어찬 이불 속에서 커다란 손이 서늘한 손이 내 허리를 이런, 내 공단 치맛주름 겹겹이 스멀거리는 자줏빛 꽃숭어리 나는 시퍼렇게, 시퍼렇게 물들어가고 점점 뜨거워져

꿈인 듯, 꿈 아닌 듯 몸 활짝 열어

풀꾹새

저 후두암 앓는 소리

구들장 같은 어둠을 쌓고 또 쌓아도 묻어지지 않는 퇴락
한 고향 집 뒤란의 그을음 같은 소리

앞산 황사대기 우듬지에서도, 뒷산 기슭 골 깊은 곳에서
도
낮이나 밤이나
새벽이슬 내리는 소리에 내가 잠깨 있을 때에도
윅쿡 윅쿡, 토해내고 있는 소리

토막 난 모음 속에 갇혀버린 불멸의 카타르시스는
저 쉰 소리가 쏟아놓은 젖은 암 덩어리 같은 거

세상 밖으로 한발 내려선 누이의 마른 늑골 사이로
깜부기 한 됫박 욱여넣던 그 젊은 날의 모럴 같은 거

풀쑥풀쑥 끓어오르는 풀죽 한 사발에 목울대라도 덴 것

일까

　아니면 잉걸불이라도 삼킨 겐가

　그도 아니라면 누가 목구멍에 대못이라도 탕.탕. 박아

놓은 것인가

　누구 대신해줄 수 없는 어긋물린 비애

　이 가슴팍에 火印

풀꾹새 : 산비둘기의 경상도 토속어

붉은 발목

오래 참았었나 보다

산책길 수돗가 비릿한 냄새가 코를 찌른다
눅눅한 흙더미 저기
마악 눈뜨고 있는 숨결

핏빛 묻어나던 맨드라미 자리 바로 그 자리
물컹, 쏟아놓고 간 하혈

수돗가 돌덩이 들추니
자지러지게 터져 나오는 울음, 저 신생

발갛게 물든 발목이 애처로워
다시 돌을 덮는다

저녁이 말을 걸어올 때

늦은 저녁 속에 갇혀
자줏빛 가득한 틈새 삐져나온
노을의 붉은 실밥을 보았습니다
나는 바람에 떠밀려
미끄러져 내리는
둑길을 걸었습니다
바람이 파란 잎사귀를 뱉어내고
나는 점점 뜨거워져 미루나무 가지 끝에
투명한 슬픔을 매달았습니다 그리고
그 노을이 사라졌을 때
노을 따라간 나는 어디에도 없었습니다
나는 옛집처럼 우두커니 서서
전봇대에 펄럭이는 바람의 길고 긴 속눈썹을 잘랐습니다
자귀꽃잎 흩날리는 길을 따라 하염없이
미끄러져 내리는 옛집

갯메꽃

아침 강가에서 말갛게 별을 씻어 올리고 있는 아이를 만났네
잦은 기침을 하며 별을 씻어 올리고 있는 아이

강줄기를 거슬러 올라와
갯버들 가지를 흔들며 아이에게 속살거리고 있는 바람을 보네

이제 강가에 아이는 없다네
기침 소리는 멎고

바다로 나간 아이는 돌아오지 않는다네

뼈를 키워 어른이 되고 난 뒤에도 돌아오지 않는다네

오늘은 바다에서
파도를 걷어 올리고 있는 어른을 만났네

파도를 들쳐 메고
가파른 방파제를 오르고 있는 백발노인

나는 연분홍 갯메꽃이 피어 애처롭다 하네

이를 사소한 일이라 하지 않겠다

하루살이가 눈에 들어와
깜빡, 뗏장 덮듯 감고 보니 내 눈이 무덤이다

그에겐 천구天球로 보였을까

오랜 옛날처럼 개똥지빠귀가 나뭇가지 끝에 둥지를 틀고
동구 밖 후박나무는 바람을 좇고
해 질 녘이면 점술가를 찾아 나서겠지만

이를 사소한 일이라 하지 않겠다

그는 재스민 향기를 영원히 잃어버릴지도 모르고
느릅나무 너른 그늘을 기억하지 못한다 해도
나는 눈을 비비다 말고
가시랭이처럼 일어나는 손톱을 다듬는다

천강성을 찾아 나서야겠다

바람이 일러준 대로
붉은 모래 언덕, 폭풍 속 사막여우를 만나
부르카 속 순한 처녀를 얘기하면
눈동자엔 이따금 재스민 향기가 내리고
느릅나무 너른 그늘이 올라앉아
태양은 구름 속에서 백내장을 앓고 있겠지

나 이제
아프간 순한 처녀를 만나
내 슬픈 눈에 관한 이야기를 하겠지만
눈을 씻어내지는 않겠다

즐거운 악몽

여자가 숲속으로 뛰어들자 새들이 일제히 날아올랐다, 숲
의 내부가 식은땀을 흘렸고 하늘이 동판처럼 내려앉았다
수색대가 몰려들었다 은빛 그물망을 넓게 쳤다 탕.탕.탕!

나는 얼른 내 붉은 피를 계곡물에 씻었다, 내 탁한 뇌수를
쏟아냈다, 내 혈관에도 은하처럼 푸른 피가 흐른다면

달빛은 컹, 컹, 황야의 개처럼 짖었다 늑골 사이로 찬바람
이 불어왔다

스란치마가 줄에 걸려 펄럭였다

목련

불빛 졸졸 새고 있는 저 방

여자가 돌아온 것일까

어둠을 파고 들어앉은 묘혈

흥건히 젖어 흐르고 있는
방

창밖에 불빛이 흔들리고

내 기억 속에
몸의 누수

낡은 방 헐고
그녀가 말없이 떠난 것일까

2   바로 당신이 필요해요

바로 당신이 필요해요

얼마 만에 내놓는 속살이기에
이리 어리둥절한가요
누구를 기다리고 있는 건가요
상추씨, 들깨씨 아니면 용의 이빨이라도

아니, 바로 당신이 필요해요
항아리 속 잘 발효된 향기로운 아버지
내 늙은 어머니 당신 손톱도 필요해요
꼬물꼬물 애벌레처럼 떨어져 내리지만
상관없어요

어머니 연서戀書로 눕는 첫날밤
항아리 속 한 천년 푹 곰삭아
환약 같은 아버지 다독이며
난 풀여치처럼 울어요
그리고 오줌을 눠요

밤마다 덤불길 헤치고 달려가 오줌을 눠요

칭얼거리듯 허벅지 허연 길 달아오르고
무성한 소문처럼 달 떠오르지만
멈출 수가 없어
난 또 달려나가요

이 잦은 잔뇨감 저릿저릿 번져나가는

고물고물 싹이 보여요
더 힘껏 내밀어 봐요 황홀하게

새벽이 오기 전에
해가 뜨기 전에

저보다 더 젊은 어머니를
제가, 제가 도로 낳아 드릴게요

초파일 기도

부처님 그 귀 좀

부처님 귓속으로 쭐떡 미끄러져 들어갔지요

이왕 씨방에 든 듯
한 사나흘 태아처럼 웅크리고 있다 보면
내가 무럭무럭 자라나겠지요
쑥쑥 크겠지요

난 나비가 되는 꿈을 꿔요 그러면
날개를 달고 긴 회랑 지나오듯
부처님 달팽이관 돌아 나와
콧등에 앉았다
입가 주름진 골 팔랑팔랑 넘나들다
너풀, 갓머리 올라앉아

멀리 비로봉 바람과
남천강 휘어잡고 훨훨

세상 한 바퀴 돌아와서 봐도
갓바위 부처님 아직 거기 뻘쭘히 서 계시는 건가요

귀에 이어폰이라도 꽂아드릴까요?

떼장 구름처럼 몰려와 엎드려있는 저 사람들요 염주
알 굴리며 삼천 배 올리기에도 바빠 부처님 거기 계시
는 줄이나 알까 모르겠네요 저마다 이름 하나씩 얻고
나면 타워크레인이라도 끌어내려 높이 더 높이 다리를
놓고 말 거예요 그렇다면 밤낮없이 윙윙거리는 기계
소리가 불경 외는 소린 줄 알고 또 소원을 말하겠지요

그만 산문 밖으로 내려오세요

꽃등 하나만 달아주면 흔쾌히
대신 기도해 준다잖아요
계좌이체면 또 어떻고요 그럼요

세상일일랑 몽땅 자동이체로 돌려놓고
엠피스리 주파수에 맞춰 춤춰 봐요
룰루랄라
우리 함께 춤을 취요

폭설

아무도 없는 거리였습니다

비명이 들렸고 아이들 웃음소리가 쏟아져 나왔습니다
가등 불빛이 내려다보고 있었습니다 나는 자동차 헤드
라이트 불빛에 갇혔습니다
뭔가 나를 샅샅이 훑고 갔습니다
나는 마음을 들킨 것 같아 더 빨리 뛰었습니다
가로수 잎들이 크게 흔들렸고
가지 끝에 매달린 엄지 아이들이 까르륵까르륵……
린넨 속치마가 가지에 걸려 펄럭였습니다
나는 아이를 레이스 치맛단에 감추고
더 빨리 더 빨리……
아이들의 웃음이 진저리치는 이 실족
문득 뒤돌아봤을 때
거리에 가득한 눈알들, 새까만 눈알들이

약속한 적 없는 약속

올망졸망
어디서부터 따라온 거니?
언제부터 뒤따른 거니?

아득한 벼랑길
동쪽 끝 회랑 지대, 눅눅한 골목길을 돌아
담 밑에 쪼그려 앉아 울고 있는 아이 만났니?
눈물 보았니?

나보다 더 젊은 어머니가
꽃그늘 아래 나를 부르는 소리
아스라이 신발 끄는 소리
들었니?

젖은 발로
어두운 꿈길에도
뒤따른 거니?

바람 부는 동쪽
북쪽 여우가 넘볼 것 같고
갈 숲 멧새의 날갯짓 소리 들리는
옛집

분홍들판에 핀,
꽃반지 끼고 손가락 걸던
앉은뱅이 꽃, 바로 너니?

별리 別離

담벼락에 낙서라도 지우 듯
횟가루를 뿌리며
희미하게 골목을 지우며 저녁이 다가오고 있으니

곧 어둠이 뒤따라 올 거라는 것도
내가 기억하고 있는 모든 걸
지우고 말 거라는 것도 알고 있기에
이러고 있는 것이다

한순간에 다,
다 지워버리고 말 거라는 것을 알기 때문에

창문 너머 더듬더듬
더듬어보고 있는 것인데

안타까이 두 손 쑤욱 밀어 넣어
구만리장천을 더듬어보는 것인데

뭉클, 가슴께 만져지는 이 통증

손끝에 와 닿는 이 슬픔을 나는 뭐라 불러야 하나

흰 짐승처럼 앓는 밤

사방 벽은 전류가 흐르는 火口다

발갛게 장전된 눈알들
뒷덜미를 노리고 있는 기민한 상황
안경을 벗어 닦고, 또 닦고 있는

나는 정녕 강박증 환자

스멀스멀
필라멘트 선을 물고 다리로 팔로
내 목구멍 식도를 타고 내장으로까지 기어들어
우글우글

아, 나를 그들의 왕국으로 삼으려나 보다

더는 물러설 수도
활활 털어내지도 못하고

나는 수십수만 가닥의 플러그를 들들들 끌고 다니는

사향 장미

잠결에
미세한 진동

격자문이 흔들리고 새벽을 깨우는 폭발음
문 열고 내다보다
내 눈과 딱 마주친

저기 저, 황홀한 독사
담장 위 똬리 틀고 있는 검붉은 꽃숭어리

마비된 계절 속에

스멀거리는 목덜미 화상 자국

오월 푸른 하늘을 가리고 꽃이 피는 속도는 빛이 고스란
히 마음을 통과하는 0.3초
펑,

봄밤 꽃가지가 흔들리고

뒤란 당신 기척, 노란 커튼을 내리고 누운 머리맡 환
약 같은, 느닷없이 사랑해,

사거리 횡단보도 앞에서, 도서관 벤치 위에서, 눈 내
리는 심야극장 모퉁이서, 시장통에서, 수렁처럼 눈뜨
고 있는 전등갓, 등 뒤 바스락거리는 어둠 속에서……
사랑해

이른 새벽 창문을 두드리는 맹독성의 향기

펑, 꽃 폈다

오늘의 방문

텅 빈 방에서 그를 봤어
우묵하게 들어간 침대 위에서
꽃잎 붉은 커튼 뒤에서 스며드는 햇살 속에서
텅 빈 방에서 그를 봤어
옷장 문을 열자 당신 거기, 얼마나 오래 있었던 거야
내가 구석을 들어 올리자 어둠이 주르륵
흘러 내렸어, 슬픈 눈동자
수천수만 개의 눈동자들이 구석으로 굴러다녔어
샐비어 붉은 목대 꺾고 선
텅 빈 방, 배낭처럼 구겨져 있는 그를 봤어
배낭을 들어 올리자 회색빛 거리의 바람이 우우우우 쏟
아져 내렸어
나는 젖은 양말을, 젖은 마음을, 뇌수를 건조대에 걸어
널었지
지나가던 구름이 주춤주춤 뒤돌아보는 정오

스물둘

스물두 해 어둠 파먹었습니다 입술 퍼렇도록, 나는 쑥
쑥 자라 동동 떠다녔죠 꽃이 될 테야 달맞이꽃이 될 테
야 휘파람을 불었고 백태 낀 달은 불결해, 엄마는 뒤꼍
으로 돌아가 우물에 침 뱉었죠

스물두 해 붉은 립스틱 칠하며 우물가 맨드라미 심었
습니다 나비가 될 테야 붉은점모시나비가 될 테야 나는
점점 야위어 지상에서 멀어졌죠 봄나비 쫓아간 아빠는
소식 없고 저 계집 저 몹쓸 계집, 엄마는 뒤꼍으로 돌아
가 한밤중 빨래를 했죠

붉은 달 아래 맨드라미 꽃술은 너무 치명적이야 나는
맨드라미 립스틱 칠하며 나비야 나비야 황급히 꽃대 잡
아채 치마 속으로, 아빠는 돌아오지 않아, 엄마는 큰 돌
덩이로 우물을 덮었죠

나는 꽃잎 열어 주루룩 달빛 쏟아내고

가족

할머니는 우릴 내 새끼 내 새끼 하고 부른다

다리 저는 유모차에 새끼들을 태우고 덜덜덜
방천길 따라간다

시장 끄트머리 좌판 위에 우리를 올려놓고, 쏟아지는 땡
볕 한 손으로 가리며 물뿌리개 드는 할머니, 울지 말거라
울지 말거라

젖은 손수건 덮어주는 할머니

어둑한 장터
무너져 내리는 붉은 노을 아래

문득

갑자기 내가 옛날 사람
여기 옆에 있는 내가 문득, 옛날 사람

내가 '거기' 라고 크게 부르면
그대 날 알아볼까

해 질 녘 느닷없이 옆구리 툭 치는 익숙한 슬픔, 아득
히 놓쳐버린 비행운, 또 다른 이름으로 희미하게 떠다
니는 초저녁 별

나는 그대 목덜밑 잠깐 스치고 지나간 바람, 구름 또
는 가을비
나는 이미 이 세상에 없는 사람

뒤꼍 소슬한 바람결에라도 짐작해 낼 수 있으려나

나는 이 세상에 없는 사람
그대가 안다고 말하는

어느 날 당신에게

철조망 너머 저쪽

해묵은 장미 꽃잎 유난히 붉은
그 옆에

어찌 보면 까맣게 타다만 작대기, 거기 붙은 혹, 어찌 보
면 누가 버린 빵 조각, 껍질에 핀 곰팡, 꽃숭어리

작은 새 날갯죽지 새로 굴러떨어진, 오글오글
주렴처럼 보얗다

죽음이 슬어놓은 알이 한 됫박
아침 햇살 아래 자르르

저렇게 어둡고 환한 것을 무엇이라 부를까

마악 퍼낸 햇밥

당신 제상에 오른 고봉밥

나를 따라온 나를 위한 첫 줄

오래된 친구가 찾아왔다 이름이 입안에 맴돌다 점점 어두
워지는 생각

이쯤에서 맞장구라도 쳐줘야 할 텐데, 내 손은 그래그래
호들갑스레 손뼉을 치고, 두 눈은 허공에서 길을 잃고 헤매
지

오래 잡고 있던 나사못 빠져나간 듯, 머릿속은 자꾸만 덜
컹거리고

비 내리던 그 바닷가, 눈 내리는 그 오솔길

슬픈 눈동자, 어디선가 본 듯한

너 나를 기억하니?

불 꺼진 야시장 골목에서

나 알아?

귓가에 그 목소리

해맞이

닭싸움 구경 간다

붉은 홰치며 목울대 높이 쳐들, 닭싸움 보러

밀고 밀리는 한판 승부

동해 앞마당이 바짝 긴장을 한다

1초, 2초, 3초, 나는 초읽기에 들어가고

긴장의 끈을 놓는 순간 탁,

피가 터졌다

사방으로 튀는 피

동해가 온통 물들고

하얗게 질린 닭

닭이 뒷마당에 꼬꾸라져 있다

물비늘 속으로 떨어져 내리는 깃털,

은빛 깃털을 보고

대번에 알아봤다

중이염을 앓다

정류장 입간판을 적시며 비는 내리고

비가 내려
창밖은 묘지처럼 쓸쓸하고
내 귀는 한없이 고요하고

나는 길을 따라나서고

아무런 약속도 없고
어떤 의심도 없고

멀리 길을 따라나서고

이제 후회도 없고
비는 억수같이 쏟아지고
빗줄기에 갇히고

도시는 오래도록 빗소리에 잠기고

나는 젖은 신발을 끌고
멀리 갔다 돌아오지 못한다

한가위

서쪽 하늘 귀에서 초승달이
시퍼런 칼날로 사각사각 두터운 하늘 깃을 찢고 있다

하루가 지나가고
이틀 사흘 나흘이 지나도록
사각 사각 사각 구멍을 내고 있다

보름째 되는 날
뻥,

그예 구멍이 나고만 하늘
깊고 깊은 통로다

3 문고리에 두 귀를 걸어두겠네

문고리에 두 귀를 걸어두겠네

저 바람 늙은 어른 같아

다 큰 어른이 큰 발로 강을 건너와 문고리를 잡고 있네

저 어른이 무서워
젖은 발로 컹컹 짖고 있는 저 발톱이 무서워

원시의 숲에서 태어나
한 번도 뼈를 가져본 적 없던 아이
도시에서 뼈를 세워 어른이 되었네
가문비 우거진 숲을 천리 밖에 두고
결코 아이였던 적이 없는 것처럼
큰 신발 신고 몸 부풀려 연잎처럼 부력을 키워

부력은 그에게 붉은 전사의 부적
깊은 계곡을 타고 오르던 바람을 모르고
구름 속 달은 달을 모르고

인력 시장 화톳불 주위를 맴돌다
고단을 부릴 곳 찾아
불빛을 향해 멀어져 가고 있는

나는 또 여울목처럼
덜컥, 수레바퀴 속으로 떨어져
두 귀를 문고리에 걸어 두었다

5월

스물에 남편 잃고
남자를 세 번이나 바꾼 여자, 치맛단에 이슬 묻혀오는 여
자

윗동네 아랫동네 시끄럽도록 이놈, 저놈,
삿대질하며, 악다구니 쓰고 있는, 머리 희끗희끗한 저 여
자

우리가 춘자아지매, 춘자아지매 하며 따르던 춘자아지매

꽃가마 타고 동네 들어서던 열다섯

그 어리던 새색시

즐거운 악몽 2

아픈 건 난데 우는 건 왜 너니
가방이 발에 차여 꿈틀거리기 시작했어
나는 어둠을 피해 펄쩍 뛰어오른 것인데
내 발이 구덩이 속으로……
신발은 왜 젖어 있는 것일까,
가방 속에는 단풍나무 발목들, 머신유가 묻은 에나멜
발목들이 엉켜있었어
내 분홍 발목을 찾고 있는데
발목을 들고 달아나는 저기 저 늙은 저녁
하얀빛 속에서
늙은 가방의 머리통을 끌어안고
덜컹거리는 버스를 타고, 내 머리통은
유리창에 텅텅 부딪히며

눈꺼풀을 자르다

이젠 바싹 말랐다고

뿌리째 뽑아 버렸던 유월양대

깎아지른 절벽 캄캄한 덩굴손

멀리, 먼 데서

가까스로

자줏빛 꽃송이 깜박거리고 있다

거긴

비상구가 없는데

길도 없는데

마디마디

어디쯤에

연명할 진물이라도 고여 있었던 것일까

빨아먹을 피고름이라도 남아 있었던 걸까

거긴

받아줄 손도 다 말라버리고

너의 첫울음 틀어막을 눈꺼풀조차 없는데

벽 속의 자화상

1
눈가 주름이 가파르다

저 가파른 길은 어디서부터 시작된 것일까
어느 깊은 골목을 끌어다 놓은 것일까

내가 기우뚱, 기운 골목길로 들어선다

담장 밑에 앉아있는 아이야,
집이 어디니?
파란 슬레이트 역사를 아니?

2
쪽마루 벽에는 거울 하나가 걸려있다
계집아이가 까치발로 보였다 안 보였다
어떤 날은 한 무리 양떼구름이
어떤 날은 적막만이 집안을 쩡 쩡 울리던
이상한 하루는

흰옷이 걸려 온종일 펄럭거렸다

3
거울 속에 바람이 분다, 차르르 차르르

겹겹의 주름 속으로 슬픔이 흐른다
비탈진 시간을 더듬어가다 보면
깨금발로 담장을 내다보는 아이가 있다
편서풍에 어지러운 정오

코너에 몰리다

북풍을 앞세우고 도심 막다른 길
으르렁거리고 있는

필사적으로 울부짖고 있는 저 소리

번득이는 송곳니 드러내며
내 방을 향해 컹 컹 짖고 있다

나는 벽장 속으로 숨어들어
살점 뚝뚝 떨어져 나가고 있는 어둠을
어둠 속에 푹, 박힌 송곳니
내 입안에 든 붉은 이

나는 과도하게 민감해져서

폭풍 속 그 짐승을 떠올리는 것인데
두고 온 가시나무 울타리를 생각하는 것인데

한밤중 내 집 앞에 당도한 저 광견, 필시
검은 개

으르렁거리며 나를 노리고 있다

비를 읽는 나만의 독법

사월 빗줄기 속에서 주절주절, 그녀를 읽는다

나는 그녀의 젖은 신발을 읽는다, 그녀의 젖은 두 무릎을
읽는다 물비린내 속에서 그녀의 두 손을 베낀다, 그녀의
둥근 눈동자를 베낀다 오래, 그녀를 베낀다 내 늑골 사이
로 젖어 드는 비, 늑골 사이에서 젖고 있는 비

아침에는 비비새가 죽었지 나는 죽은 비비새를 목련꽃
그늘 밑에 묻었다 저녁 하늘가에 묻었다 천 개의 눈동자
속에 묻었다, 늦은 밤 둥근 눈동자가 울었어 울지 마라, 울
지 마라 눈동자를 뽑아 뒤뜰에 버렸지 뒤뜰 안에 깊은 우
물이 생겼다 우물 속으로 철없이 뛰어드는 비, 큰 돌덩이
덮으며 눈 감아라, 눈 감아라 온밤 내내 바람이 창문을 흔
들었고 천둥이 지나갔어 그해 진눈깨비가 사나흘 간격으
로 내렸어 태양이 먹구름 속에서 백내장을 앓는 동안 새가
짖었다 목련꽃 가지에 올라 짖었다 우물가 돌무덤에 올라
짖었다 내 늑골을 타고 올라 짖었다 교회당 저녁 종소리가
비비새를 물고 멀리 멀리 날아갔지 하염없이 날아가는 비,

사월 빗줄기 속에서 내 발등이 발가락이 발갛게 젖었
지

그리고 아무도 없었다

1
내가 그들에게 갔을 때 길을 내주었다 나는

그들이 이끄는 대로 따라갔다

미루나무 길을 따라 한참을 걸었고
어두웠고 점점 불빛들 사라지고 있었다

나무 위 새들도 보이지 않았다
안개, 천지가 안개뿐이었다

그들이 내 손을 지웠다
그들이 내 다리를 지웠다
그들이 내 두 눈을 가져갔다

2
내가 없어졌다

젖어왔다

그들은 내게 마음이 없다고 했다

마구 달렸다 가도 가도 제자리였다

새벽이 오고 있었다
새벽을 향해 소리 질렀다
말이 뭉텅, 뭉텅 잘려나갔다 말이 사라졌다
그리고 아무도 없었다

내가 보이지 않았다

새벽 강가에 안개가 피어오르고 있었다

옆구리가 새고 있다

내장이 새고 있다, 가등 속으로
덤프트럭 헤드라이트 속으로
파랗게 불꽃 이는 고양이 눈구멍 속으로, 팔랑거리는 모
시나비 날개 속으로, 라일락 꽃송이 속으로, 돌멩이 속으로
줄줄줄
소용돌이치며 빨려들어 가고 있는

아흔아홉 자 깊은 밤의 누수

불면의 밤이 하루 또 하루 지나가고
두 눈은 충혈로 욱신거리고
나는 떠밀린 목선처럼, 영속을 건너온 고도처럼
멀리 먼 곳까지 밀려나와
동굴처럼 쓸쓸하다

오래된 내 머리칼, 까슬까슬한 내 손톱, 내 신발, 열광하
는 피톨들…… 이러고 있다 송두리째 다 빨려들어 갈지도
모른다는 다급함에

누덕--누덕--
누덕---누덕---누덕---
밤을 덧대는 소리

언제나 이래요

밟힐 줄 알면서 또 어디 발자국 소리 들리지 않나 바짝 귀를 기울여요 좀 가파르긴 해도, 오줌 지려 놓은 것처럼 눅진하긴 해도, 가끔 지네가 나와 펄쩍 뛰게 해도 결국 나타날 거예요 여긴 지름길이니까요

바람 소리에도 누가 오나 궁금하고 가슴 두근거릴 때 있죠 이별하고 돌아서는 우울한 발걸음일까 괜히 앞서가는 마음 있죠 그러다 우거진 그림자라도 나타나면 얼른 어금니부터 꽉 깨물고 봐요 괜찮아요 괜찮아요

숨죽이고 납작 엎드려있었죠 어둠이 승냥이 떼처럼 몰려왔기 때문이에요 빠직빠직 뭔가 물어뜯는 소리 요기, 요기 밑에 쥐, 쥐가 있나 봐요 심장 얼어붙는 줄 알았다니까요 냅다 달아나고 싶었죠 그런데 오금이 저려 발이 떨어지지 않았어요 이런, 첨부터 내겐 발이 없었다는 걸 깜빡했네요 바등바등 버둥질이라도 쳐 보고 싶었죠 팔도 없다는 걸, 웃기죠 이제 익숙할 때도 됐는데 언제나 이래요
누가 어둡고 습한 이곳에다 나를 두었을까요

밟혔죠 헉, 소리 나도록 시원하게

모항母港

뻐근한 목 주억거리며
가쁜 숨 고르고 있는 모항 곁으로
몰려드는 어둠

어미가 어린 자식을 품듯
짐승이 제 환부를 핥듯

모항 말뚝 곁에서
독같이 차오르는 적막 속에서

어둠이 어둠을 핥고 있다
내 오른팔이 왼팔을 핥듯

죽령

한 덩이 햇살이 옮겨 다니고 있다
봉당에서 문지방으로 문풍지를 타고

한 움큼 응달이 옮겨 앉고 있다
처마 밑에서 마당귀 헛간으로 뒤뜰로

자리를 내주던 아흔 노인
하루아침에 지워지고 없다

마저 다 풀어냈다는 것일까

텅, 텅, 울안을 굴러다니는 바람
풀썩 풀썩 주저앉는 바람벽

어제는 찬비가 들이치더니
오늘은 뻐꾸기가 세 번이나 울고 갔다

폴라리스 폴라리스

알츠하이머병을 앓고 있는 저 남자
피렌체 거리에서 골목골목 제 그림자를 뒤적거리고 있네

손가락을 젖혀보고 발가락을 펴보아도
길 위에 길은 막막하기만 해

이른 봄날 보랏빛 꽃잎 속으로 들어가
잃어버린 길을 찾아 나서네

그때 어머니가 불러주던 옛 노래
길 위에서 소렌토로를 부르며
살며시 배꼽 열어 보네 어디쯤 풀씨라도 돋는지
겨드랑이가 가려워

어둠의 흉곽을 열어젖히고
아르노 강가에서
저물도록 옛 노래를 부르네

사랑의 노래, 폴라리스의 노래

그녀의 가시가 옮겨졌다

스물둘 여자는 탱자나무 속으로 뛰어들었죠 놀란 탱자
향이 밖으로 와그르르 쏟아졌어요 그녀 치마가 퍼렇게 물
들었고 열두 시 오 분 전, 익지 않은 탱자를 낳고 말았어요
정오의 시침들이 제각각으로 돌았고 노란 동공 속으로 여
자가 비명처럼 가시를 토해냈어요 가시가 창문을 넘어 더
높이 울타리를 쳤지요 그녀는 가시가 돋친 몸을 열어젖혀
가시를 깊이 더 깊이 밀어 넣었어요 통영 역전다방으로 그
녀의 가시가 옮겨졌을 때

발밑 가시가 손톱에서 손등으로 옮겨갔어요 어느 날 먼
친척이 찾아와 퍼런 탱자를 그녀 손에 쥐어 주었지요

어떤 사건 일지

절도 사건이 일어났다. 맨홀 뚜껑을 훔쳐 가는 도둑들, 경찰관들은 값이 나가는 고철을 노린 범행으로 보고 수사에 나섰다.

늦은 밤, 소주방을 나와 후미진 골목 고철상 앞을 지나는데
구천 피트 깊이 해수가 흐르는 밤하늘
한가운데 꾹, 눌러 놓은 맨홀 뚜껑

저 고철 덩어리

미끼일까
유혹일까

개가 요란하게 짖는다

귓속에서 울고 있는 새

생이염이라도 앓는지
소리가 꾸역꾸역 종일 삐져나오고 있다

알 수 없는 소리에 이끌려
바다에 나왔더니
수심 깊은 바다가 울고 있다

예전 그 바다는 아니고
예전 그 하늘도 아니고
날개 꺾인 바다가 울고 있다

날개 속에서 새어 나온 울음이
영문도 모르고 내 귓속으로 들었나
파도에 밀려들었나

내 귓속에는 작은 짐승이 살고 있다

내 귀는 유폐된 자의 감옥

베고 누우면
내 안에서 일렁거리던 죄목들이
다 쏟아져 나와 한 평 남짓한 방안은
온밤 내내 울음으로 가득하다

가벼운 질문

문득 생각
한 건데

가벼워진다면
가벼워진다면 말야

나를 두고 떠난 애인의 눈물처럼 가벼워질 수 있을까

그렇다면
뭔가 뗼 수도 있다는 생각

기억에서 지워지고 없는 약속처럼 아니, 지워졌다고 생각
하는 밑줄처럼

그나마도 반쯤은 지워져

그런 일조차 없었다는 듯 가벼워진다면

나를 두고 떠난 애인의 눈물처럼 가벼워질 수 있을까,
그렇다면

날아가는 새떼를 나, 따라갈 수도 있을 텐데

4 지나가지만 지나가지 않은 것들

내 팔뚝에 날개가 달렸어

그해 봄의 실종처럼
또 지나치고 말았어

그 봄의 실종은 유성처럼 사라져
여울목처럼 삐걱거렸어

그가 있는 창가를 지나
그늘져 덜컹거리는 골목길
한참 돌아 나왔지
거기 담 너머 목련 피었던가
장미 넝쿨손은 뻗었던가

안부도 없이
또 지나치고 말았어

이 날개 그만 여기서 접어 내릴 수 있다면

내가 태어나던 그해,

진눈깨비 내렸다는 그 사월의 목련 꽃그늘

훌훌 내다 널 수도 있었을 텐데

도솔사 백일홍

그대 떠나고
사나흘 쉬지 않고 비가 내리네

나는 뒤꼍으로 돌아가 우물을 파네

지치면 마미손 철수세미로 독을 닦아야지
씻으면 씻을수록 더러워지는 생각

스크래치 난 생각 박박 문지르며
벗어 두고 간 신발 말리겠네

그것도 지쳐 눈물 나면
백일홍 꽃그늘 아래 돌덩이 들추고
하루를 백년이라 생각하고
통쾌하게 늙을래

그대 떠나고
석 달 열흘 쉬지 않고 비 내리네

나는 뒤꼍으로 돌아가 아흔아홉 자 우물을 파네

우물 속에는 늙은 저녁

터널

내릴 수 없는 기차에 올라탔어
가도 가도 낯선 풍경들
더 멀리멀리 달아나는 강
어디만큼 가야 이국의 소년처럼 푸른 눈을 가진
그 바다에 이를 수 있을까, 덜컹덜컹
그 자리 또 그 자리
얼마를 더 가야 하염없는 너에게 가닿을 수 있을까
억새 우거진 들판을 가로질러
저녁을 앞세우고 내리는 비, 차창을 두드리고
달리는 미루나무 꼭대기
달리는 회색빛 전신주
달리며 뿌옇게 흘러내리는 얼굴
달리며 젖는, 젖는 붉은 저녁
나는 내릴 수 없는 기차에 올라탔어
신발은 젖어 얼음장처럼 시리고
검은 장막 사이로 구름이 지나가고 또 지나가고
어디만큼 가야 너의 푸른 맥박 소리 들을 수 있을까
누가 하염없이 미끄러져 내리는 이 열차 세울 수 있을까

안개 강

하얀 천 덮어씌운 듯 안개 자욱한
끝없이 끝도 없이 하얀

그 속에 누가 누워
버석버석……

먼 산 갈숲의 바스락거림도, 공사판 멍석발 그림자도,
아침밥 서두르는 수험생 엄마도 조용한 이 새벽에

죽어가나

소리도 없이 저렇게 죽어가나

시린 발 쑤욱 밀어 넣고 보니

철없는 바람은 마당귀 장독대서 놀다
앞마당 휘져놓고
자꾸 문풍지 잡아 뜯는 엄동에
양말 깁고 있는 어머니

천조각 덧댄 뒤꿈치엔
공그르기 감치기 시침질로
엄지발가락 작은 자린 홈질 박음질로
다―다―다―나― 매섭게 지닫는 설한을 얽이매디

백조자리 활활 홰치는 소리에
천 개의 손길이 가난한 성좌에 올라
구멍 난 천공 깁고 있는 어머니

한 땀 한 땀 꿰맨 바늘땀마다
별이 돋아
바람 들 일 없도록 바알갛게 별이 돋아

혼몽한 잠결에 시린 발 쑤욱 밀어 넣고 보니
어느새 내가 자라 문득,

내가 뜨거워져
유월 백일홍처럼 뜨거워져

숭숭 구멍 난 하늘
거뜬히 꿰매낼 수 있을까

지나가지만 지나가지 않은 것들

그것 밖에는 아무것도 할 수 없었겠지만

막막해질 때면 웃자란 발톱을 자르렴
낙타의 고삐를 끊는다거나
사막 한가운데 서성이지 말고
노래를 부르렴
바람의 노래를

그것 밖에 아무것도 할 수 없었겠지만

눈마저 어디다 두고
캄캄해질 때면 전언을 띄우렴
정오의 시침을 돌려놓는다거나
열두 시와 한 시 사이 서성거리지 말고
노래를 부르렴
바람의 노래를

그나마 아무것도 남아 있지 않을 땐

우리들의 슬픈 이야기
붉은 사막 모래 폭풍에
흘려보내지 말고
노래를 부르렴
이제는 아득해진 바람의 노래를

저문 돌배나무 아래 서면

가파른 계단을 일수 장부처럼 끼고

오늘도 아찔한 현기증에 쉬어가는 중이에요

앞을 캄캄하게 막고서는 도심의 불빛들
빌딩 숲 눈빛들이 잠깐 잊고 있던 외상 장부 같아

하루하루 몸 갚아나가듯
납작 엎드려 기꺼이 등을 내 드리지요

　마른 등 켜켜이 올라서다 눅눅한 어디쯤 한 그루 돌배나
무라도 심는다면 가는 길 허기라도 채우지 않겠어요 그러
다 힘들면 구전처럼 자라난 나무 그늘 아래 쉬어 가고요,
멀리 등마루가 보이면 한달음에 올라서서 마당 훤히 내려
다보이는 외딴집, 그곳 외가에는 어린아이가 마당을 쓸고,
나보다 더 젊은 어머니가 우물가에서 빨래를 하고 있는
　어느새 바람은 차고 어른이 된 중년이 객지에서 빚 갚아나
가듯 납작 엎드려 한 계단 또 한 계단 길을 닦고 있는 중에

뒤따르던 계단은 언제 또 저 높은 곳까지
먼저 가 빛을 내고 있는지

나는 오늘 중으로 돌배나무가 있는 마당으로 들어서
비질 한번 시원히 해볼 수나 있을까요

아마릴리스

저녁이 찾아와 식탁 앞에 앉히고 보니, 내게는 어머니가 없다

전쟁고아라 했던가 일곱 살이라 했던가 계집아이 마을로 흘러든 적이 있다

죽이라도 먹여 보내야 할 텐데,

엄마는 그 아이를 삼동 석 달 집안에 두었다, 다음 해 봄 찾아왔던가, 벽장 속으로 숨어들었던가, 냄새피워 올리며 속살거리는 소리 들었던가

그 이층집 다락방 아직도 피 흘리고 있는지, 둥근 사다리에 올라 아마릴리스 꽃을 따던 그 무사들 다 어디로 갔을까

냉장고 안에는 싹 난 감자 두 개, 양상추 반 토막, 미역 줄기 하나, 나는 호야 호야 휘파람 불며 수프를 젓는다, 그 많은 전쟁고아들 이 저녁 어느 골목에서 서성거리고, 뿌옇게

김 오르는 냄비 속, 빙빙 도는 검푸른 바다, 회오리치며 풀썩풀썩 끓어오르는 파도, 파도에 떠밀려 둥둥 떠다니는 고아들의 눈꺼풀, 눈꺼풀 속으로 감겨드는 시침은 열세 시를 향해 고앙고앙…… 눈동자들의 아우성, 휘파람 소리가 들리지 않아, 내 귀를 잘라 바다로 돌려 보내줘, 무사들이 돌아오는 저녁이야 아마릴리스, 아마릴리스! 손등으로 옷소매로 달라붙는 붉은 꽃 털어내며 뒤돌아보니

　저녁이 떠나고 없다, 가스레인지 위 수프는 시퍼렇게 넘쳐흐르고

포구의 밤

회색 얼굴들이 시멘트 바닥에 쪼그리고 앉아 있다
자신의 그림자를 끌어안고, 그때 바람은

말없이 허공에다 대고 종주먹질을 하고 있다

구석으로 내몰린 검은 비닐봉지를 휘감고

부두의 밤이 깊어가고 있다

베트남 쪽일까
필리핀 쪽일까
몽골 쪽에서 흘러들어온 막품팔이들인지……
뱃머리를 부딪치며

부둣가에 훌쩍이고 있는 바다를 혼자 둘 수 없어

등대가 포구 쪽으로 불빛을 밀어내고 있다

포구에 앉은

북쪽에서 온 뭇별들

바람도 없이 소주병이

넘어진다

봄

하얀, 벚꽃길 따라 운구 행렬이 지나가고 있다

사흘 밤낮 고요하게 울려 퍼지는 만가 속에

검은, 제복의 상제가 떠메고 가는 세상에 하나뿐인 꽃상여

강물처럼 흘러가고 있는

가로수 나뭇가지 위의 영혼들

정오의 희망곡

그녀는 빨간 매니큐어 칠한 발을 내밀었습니다 칠이
벗겨진 발톱이 더 잘 보입니다

우울하니까요

그녀는 속상할 때마다 매니큐어를 칠합니다
아까정기일까요 슬픔을 묻는 방법일까요
옥도정기일까요 묻어둔 슬픔을 벗겨내는 방법일까요

그녀의 발톱이 감추려 한 것은 칠이 벗겨진 그녀의 그
림자
난 오래 그녀의 발톱을 들여다봅니다

도솔사 가는 길

봤니
오월 장미 획, 지나가는 거

봤니
메타세쿼이아 집 앞을 획,

획획 운동장 아이들이 지나가고 획획 양떼구름 지나가고
우우우 바닷물이 하늘로 옮아 붙는

들었니
가을 풀벌레 소리, 겨울 강을 건너가는 바람의 말발굽 소
리, 계절이 위이잉 힘차게 돌아가는 소리

나 알아보겠니
기억하겠니

적막 속에 꿈인 듯, 꿈 아닌 듯
가슴께 이 통증

내 아이까지도 획 지나가 버려
내가 어디서 왔는지 잘 모르겠고

시간과 시간 사이를 지나다
움푹 빠져버린 웅덩이

동생, 이라고 부르면

송곳비 내리고 있네
내 안에서도 내 밖에서도, 꼼짝없이 비가 내 몸으로 옮겨
붙었으므로 나는 마루 끝에 걸터앉아 한나절 다 가도록 비
보네, 오래 전 내 영혼 속에 파랑

뿌옇게 아버지가 내리고 있네 저 봐, 큰언니야! 그 옆에
어린 내 동생 엄마가 흘렸다 흘려보냈다 하던…… 마당에
는 까마귀, 죽은 까마귀 떼, 젖은 날갯죽지 퍼덕거리며 사
방에 깃털 날리는 검은 새

부옇게 날갯짓하는 빗속으로 뛰어들고 싶어 깃털 날리고
싶어 내 팔뚝에 날개가 돋고 혈관을 타고 흐르는 검은 비

내 밖에서도 내 안에서도 비 내리네
하늘에는 온통 까마귀 떼, 동생의 붉은 눈동자

그날의 소래포구

갓 나온 햇살이 게알게알 갯마을 들창문을 기어오르
다 손바닥만 한 방안 엿보더니 기어이 포플린 이부자리
솔기를 콱, 무는데 그녀, 부끄러워 말도 못하고 도드라
진 복사뼈 푸른빛만 감추다

헤살 굿은 햇살이 해당화 붉은 꽃잎을 헤집다 그만,
구들장 아랫목을 흠뻑 적시고 슬레이트 나지막한 지붕
을 적시고 해초 냄새 물씬 풍기는 개펄로 나간다

겹겹의 치마폭 활활 펼쳐놓은 소래포구

그 황홀한 광경

언제쯤이라고 해야 하나

내 몸에 남아있는 짭조름한 이 염분 기를 나는 아직도
지우지 못하네

달밤

누가 자꾸 나를 뜯어먹는 거야

내 뒤통수
내 귀때기

누가 자꾸 젓가락 갖다 대는 거야

얼어붙은 심장
차가운 이 감촉

쇠젓가락 들락거리며 누가 자꾸 뒤집는 거야

누가 파먹고 있는 거야

내 눈알

움푹 파인 내 눈구멍으로 밀물 들어와

한 마장 구름 지나가고

찬바람 불어와

누가 한입에 꿀꺽 삼킨 거야
사방 캄캄해지도록

그렇다면 입 꼭 다물고 있다 누가 왈칵,
토해낸 거야

새벽 부둣가 만월이 물컹,
발밑에 밟힌다

아침에 쓴 비망록

창문이 있어야 할 곳에 망초꽃 가득함을 보았습니다 나는

맨발로 망초 속에 오래 서 있었습니다

가뭇없이 푸른 창을 열어 바람에 발을 씻었습니다

그리고 파란 창문이 묘비처럼 툭, 떨었습니다

지나가지만 지나가지 않은 것들

2017년 12월 15일 초판 1쇄 발행

지은이   이순화
펴낸이   김성민
책임편집   임수현
편집디자인 김경자
펴낸곳   도서출판 브로콜리숲
출판등록   제 25100-2017-3호
주소   42699 대구광역시 달서구 문화회관길 165
            대구출판산업지원센터 603호
전화   053-589-3733 / 010-2505-6996
팩스   053-581-6997
홈페이지   www.broccoliwood.com
페이스북   broccoliwood
전자우편   gwangin@hanmail.net

ⓒ 이순화 2017
ISBN 979-11-961217-3-0

＊ 이 도서의 국립중앙도서관 출판시도서목록(CIP)은 서지정보유통지원시스템 홈페이지(http://seoji.nl.go.kr)와
   국가자료공동목록시스템(http://www.nl.go.kr/kolisnet)에서 이용하실 수 있습니다.
   (CIP제어번호 : CIP2017030684)